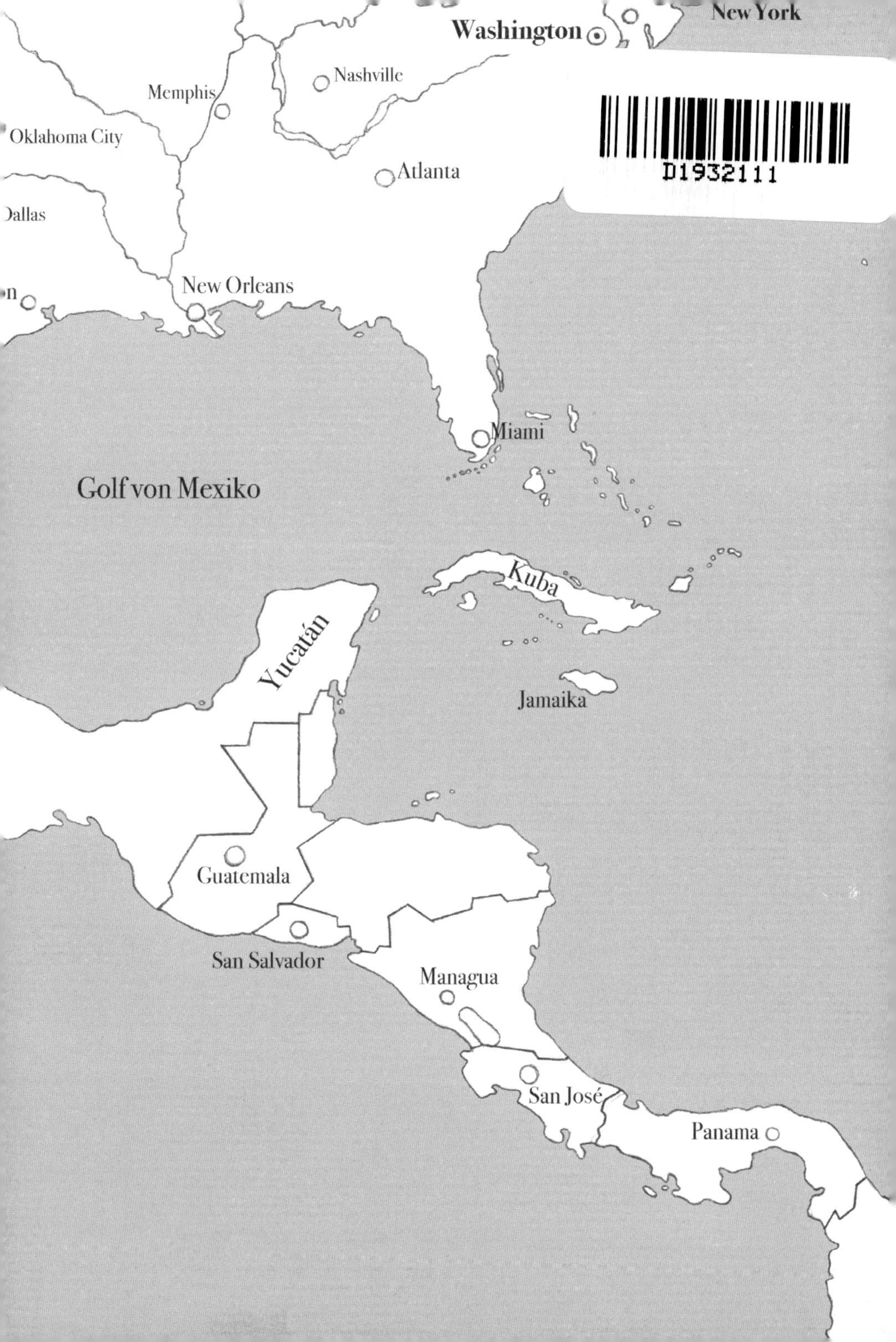
New York
Washington
Nashville
Memphis
Oklahoma City
Atlanta
Dallas
New Orleans
Miami
Golf von Mexiko
Kuba
Yucatán
Jamaika
Guatemala
San Salvador
Managua
San José
Panama

Weitere Abenteuer auf:
www.thienemann.de/CodewortRisiko

Gib deinen persönlichen Geheimcode ein
und erlebe die spannende Welt von
Codewort Risiko!

Fabian Schiller

Die goldene Stadt im Dschungel

Mit Bildern von Thilo Krapp

Thienemann

Fabian Schiller ist ein Autor der AVA international Autoren- und Verlagsagentur Herrsching.
(www.ava-international.de)

Schiller, Fabian:
Die goldene Stadt im Dschungel
ISBN 978 3 522 18230 0

Reihengestaltung: init.büro für gestaltung, Bielefeld
Einband- und Innenillustrationen: Thilo Krapp
Rätsel (Konzeption): Anja Lohr
Schrift: ITC Stone Sans, Kosmik
Satz: KCS GmbH, Buchholz/Hamburg
Reproduktion: Medienfabrik, Stuttgart
Druck und Bindung: Friedrich Pustet, Regensburg

5 4 3 2 1°   10 11 12 13

www.thienemann.de

Inhaltsverzeichnis

Der verborgene Tunnel

Ron blickte sich mit großen Augen um. In einem Wald wie diesem war er nie zuvor gewesen. Die Bäume waren riesenhaft und ragten bis in den Himmel. Überall zwitscherten, keckerten und raschelten verborgene Tiere. Es gab in diesem Wald auch keine Wege. Nur wildes Gestrüpp, durch das man sich hindurchkämpfen musste.

»Wahnsinn«, murmelte er. »Ich dachte, in Mexiko gibt es nur Wüste.«

Sein Zwillingsbruder Tom rollte mit den Augen. »Hast du Ma und Paps über-

haupt schon mal zugehört, wenn sie uns was erzählen?«

»Sie haben doch eh kaum noch Zeit für uns, seitdem wir hier angekommen sind.« Ron schlug den Wedel eines Riesenfarns heftig zur Seite. »Ständig hängen sie in diesen Ruinen rum.«

Erst gestern war der langweiligste Tag in Rons Leben gewesen. Eigentlich wollten sie einen Ausflug machen, aber dann war dieser komische Professor aufgetaucht. Viggo Krux. Stundenlang hatte er mit ihren Eltern über eine verschollene Stadt der Maya geredet. Angeblich war dort der größte Schatz der Welt versteckt. Am Ende war es so spät geworden, dass die Tour ins Wasser gefallen ist. Dafür machten Ron und Tom heute ihren eigenen Ausflug. Ohne ihre Eltern, die nichts davon ahnten und noch in ihren Schlafsäcken schlummerten.

»Ich mag diesen Wald«, sagte Tom. »Er ist so fremdartig und geheimnisvoll und …« Er verstummte.

»Was ist los?«, fragte Ron.

»Horch mal!«

Ron lauschte angestrengt. »Ich höre nichts.«

»Eben«, sagte Tom. »Es ist plötzlich totenstill.«

Ron schluckte. Es stimmte. Kein Wind wehte. Kein Tröpfchen Regen fiel. Selbst die Tiere waren verstummt.

»Das ist ziemlich unheimlich, was?«, sagte Ron.

Im nächsten Moment ging ein Rumpeln durch den Waldboden, als stürmte eine Herde wild gewordener Elefanten auf sie zu. Nun begannen auch noch die

Bäume ganz bedrohlich hin und her zu schwanken.

»Das ist ein Erdbeben!«, schrie Tom.

Im Dschungel brach Panik aus. Bunte Papageien stoben aus den Baumkronen. Eine Gruppe Äffchen kreischte ängstlich. Und das Beben wurde immer stärker.

»Halt dich irgendwo fest!« Ron torkelte hin und her.

Tom, der vergeblich mit den Armen ruderte, schlug der Länge nach hin. Erneut rumpelte es unter den beiden. Dann bekam die Erde Risse. Tom versuchte panisch fortzukriechen, aber es war schon zu spät. Der Boden brach auf und er und

Ron stürzten wild um sich schlagend in die Tiefe.

Der Aufprall war hart und für einen Moment sah Ron nichts als Sterne. Er kniff die Augen zusammen. In diesem Loch war es so dunkel, dass er nur die Umrisse seines Bruders erkennen konnte. Doch wenigstens hatte das Erdbeben aufgehört.

»Alles okay bei dir?«, fragte Ron.

»Glaub schon«, murmelte Tom. »Wo sind wir eigentlich?«

»Warte mal, ich habe eine Taschenlampe im Rucksack.« Ron drückte auf den Schalter und es wurde hell. Blinzelnd blickte er sich um.

Sie waren in einem Tunnel. Die Wände bestanden aus großen quaderförmigen Steinen. Baumwurzeln und Spinnweben hingen von der Decke herunter.

Ron schwenkte panisch die Taschenlampe nach oben. »Mist!« Ein umgestürzter Baum lag über dem Loch, durch das sie gefallen waren. »Jetzt sitzen wir hier auch noch fest.«

»Na ja, das ist ein Tunnel und irgendwo muss der ja hinführen«, sagte Tom. »Wenn wir ihm folgen, finden wir sicher einen Ausgang.«

Ron starrte in die Dunkelheit vor ihnen und erschauderte leicht. Wer weiß, was alles in dieser Schwärze lauerte. Aber hierbleiben und nichts tun, war auch keine Lösung.

»Versuchen wir unser Glück!«, entschied Ron und marschierte los.

Im Licht der Taschenlampe sah er Ratten davonhuschen und armlange Tausendfüßler in den Ritzen des Mauerwerks verschwinden. Als Ron einen dichten Vorhang aus Spinnweben zerteilte,

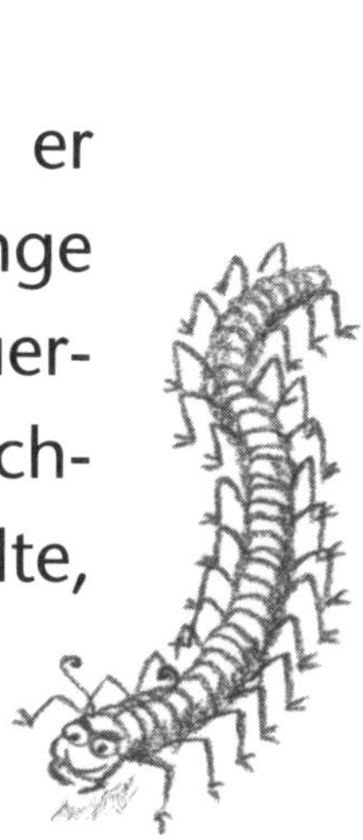

erstarrte er plötzlich. Da war jemand. Vor Schreck ließ Ron die Taschenlampe fallen. Sofort wurde es stockfinster im Tunnel.

INFO

Mexiko erstreckt sich von Nord- bis Mittelamerika und grenzt an die Länder USA, Belize und Guatemala. Das Besondere an Mexiko ist, dass dort die unterschiedlichsten Wetterzonen aufeinandertreffen: heiße Wüsten, schneebedeckte Gipfel und riesige Regenwälder. Die alten Maya haben viele ihrer Städte im Regenwald erbaut, da der Boden dort besonders fruchtbar ist.

Was sehen die Kinder im Tunnel?
Entschlüssle die Wörter! Was passt nicht?
Tipp: Die Zahlen stehen für die Stellung des Buchstabens im Alphabeth, 1=A, 2=B, usw.

Eingeklemmt

Ron wirbelte herum und stieß gegen seinen Bruder, den er in der Dunkelheit nicht gesehen hatte.

»Monster! Ungeheuer! Dämonen!«, rief Ron panisch. »Wir sind umzingelt! Wir müssen abhauen. Schnell!«

»Was, ohne Taschenlampe?«, erwiderte Tom. »Bist du verrückt? Wir sehen doch gar nichts!«

»Aber da war ...« Ron brach ab und begann hastig den Boden abzutasten.

Sein Herz raste. Ob das Monster sie im Dunkeln auch sehen konnte? Sie wa-

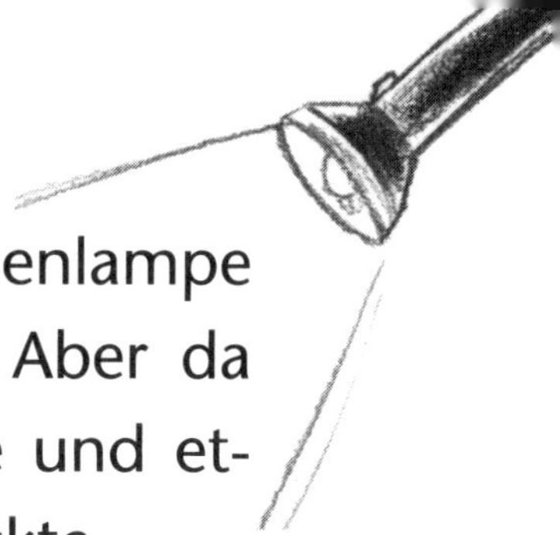

ren erledigt, wenn er die Taschenlampe nicht schleunigst wiederfand. Aber da waren nur Erdklumpen, Steine und etwas, das ihn in den Finger zwickte.

»Ich hab sie!«, rief er auf einmal und knipste die Lampe an. Ein heller Lichtstrahl schoss durch den Tunnel. Puh, zum Glück war sie beim Sturz nicht kaputtgegangen.

»Also ich sehe kein Monster«, sagte Tom hinter ihm.

»Es war aber gleich dort vorne. Ich schwör's.« Ron richtete die Taschenlampe auf das Ungeheuer. »Da ist es! – Oh«, sagte er dann. »Das ist ja bloß ein riesiges Steingesicht!«

Das Gesicht war in die Mauer des Tunnels eingearbeitet. Mit seinen Furcht einflößenden Augen schaute es die Jungen grimmig an.

»Solche Gesichter gibt es auch in den Ruinen, die Ma und Paps untersuchen«, meinte Tom. »Das sind Bilder von Königen und Göttern der Maya.«

»Dann haben die auch diesen Tunnel gebaut?«, fragte Ron.

Tom nickte ganz aufgeregt. »Das hier könnte der Eingang in eine versunkene Stadt sein.«

»Wieso denn versunken?« Ron schaute sich verwirrt um. »Es gibt hier nirgendwo Wasser.«

Tom verdrehte die Augen. »Das sagt man doch nur so, weil der Dschungel die Stadt mit Blättern und Erde zugedeckt hat.«

»Du merkst dir auch wirklich alles, was Paps uns erzählt, oder?« Ron richtete die Taschenlampe wieder nach vorne.

Ein paar Meter weiter machte der Tunnel einen Knick. Als die beiden ihm folgten, standen sie mit einem Mal vor einem mächtigen Geröllberg. Der Tunnel war an dieser Stelle eingestürzt. Vermutlich wegen des Bebens.

»Dort drüben gibt es eine Lücke«, sagte Ron. »Wir könnten durchkriechen. Bestimmt geht es auf der anderen Seite weiter.«

»Sieht aber ziemlich eng aus«, meinte Tom.

»Wir müssen es versuchen«, sagte Ron. »Ich gehe auch als Erster.« Er zog seinen Rucksack aus. »Wenn ich ganz durch bin, schiebst du unsere Rucksäcke hinterher und kommst dann nach. Alles klar?«

Tom nickte.

Ron musste sich platt auf den Boden drücken, um überhaupt durch die Lücke zu passen. Anschließend robbte er sich Zentimeter für Zentimeter voran.

»Ich bin drüben!«, rief er schließlich seinem Bruder zu. Er griff nach den Rucksäcken, die Tom ihm zuschob.

»Mach Platz«, verkündete Tom. »Jetzt komme ich.«

Es dauerte allerdings nicht lange, bis er verzweifelt rief: »Oh nein, ich stecke fest!«

INFO

Die alten Maya sind ein indianisches Volk und sie gehören zu den Ureinwohnern Mittelamerikas. Etwa 4.000 Jahre vor Christus haben sie mit dem Bau erster Siedlungen begonnen. Mit der Zeit wurden diese immer zahlreicher und erste Städte entstanden. Heute gelten die alten Maya als Hochkultur, was bedeutet, dass sie zu ihrer Zeit fortschrittlicher waren als andere Kulturen. Ihre Blütezeit erlebten die Maya, als sich die Europäer noch im tiefsten Mittelalter befanden.

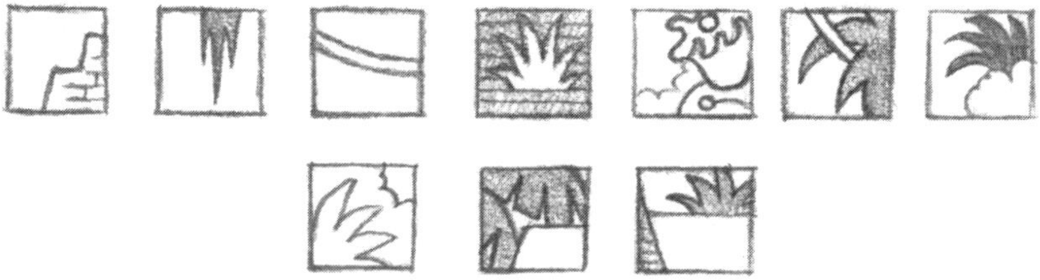

Schau dir die Ausschnitte genau an
und suche sie im Bild.
Schreibe die passenden Buchstaben
nacheinander auf ein Blatt.
Welches Lösungswort ergibt sich?

Unheimliche Schritte

»Du machst Witze, oder?« Ron leuchtete genau in Toms Gesicht, der geblendet die Augen zusammenkniff.

»Halt deine Taschenlampe woanders hin«, beschwerte er sich. »Ich mache keine Witze. Hol mich hier raus!«

Ron beugte sich vor. »Hier, nimm meine Hand und halt dich gut fest!« Er stemmte sich mit der linken Schulter gegen den Steinberg und zog, so fest er konnte. Zuerst tat sich gar nichts. Plötzlich gab es einen Ruck.

»Ich bin frei!«, jubelte Tom.

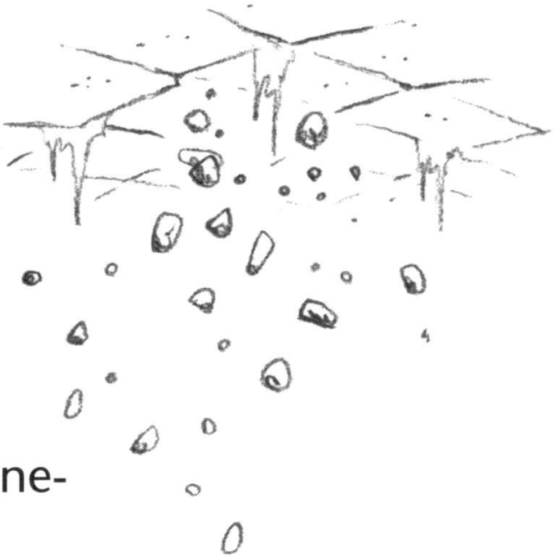

Im gleichen Moment ging ein Knirschen und Knacken durch den Berg. Kleine Steinchen und Erde lösten sich und regneten auf sie herab.

So schnell sie konnten, schnappten sich Tom und Ron ihre Rucksäcke und liefen los. Einen Atemzug später brach hinter ihnen alles zusammen. Ron und Tom wurden zu Boden geschleudert. Steinsplitter schossen dicht über ihre Köpfe hinweg. Dann war alles wieder ruhig.

Ron hob vorsichtig seinen Kopf. Im Schein der Taschenlampe tanzten glimmende Staubkörnchen um ihn herum.

»Alles klar bei dir, Tom?«

Sein Bruder nickte hustend.

Ron sprang auf und half Tom auf die Füße. Schnell setzten sie ihren Weg fort.

Bald darauf kamen die beiden zu einer Kreuzung, von der mehrere Tunnel abgingen. Ron leuchtete in die anderen Gänge hinein. Aus einem stank es mächtig nach Moder und Sumpf. Bei dem zweiten kam es ihm so vor, als ob sich

irgendetwas Großes am Rand des Lichtscheins bewegte. Schaudernd wandte er sich ab.

»Folgen wir einfach dem Haupttunnel«, beschloss er.

Tom widersprach ihm nicht. Überhaupt war er in den letzten Minuten ungewöhnlich still geworden.

»Stimmt irgendwas nicht?«, wollte Ron wissen.

»Du hältst mich bestimmt für total verrückt«, raunte Tom ihm zu. »Aber ich glaube, ich höre Schritte.«

Ron runzelte die Stirn, dann lauschte er. Tatsächlich – da waren Schritte. Allerdings waren sie ziemlich weit entfernt. »Vielleicht ist das ja ein Hilfstrupp, der nach uns sucht!«

»Ach was! Wir sind doch noch gar nicht so lange weg«, widersprach Tom.

Aber Ron hörte seinem Bruder schon nicht mehr zu. »Hier sind wir! HIER!«, rief er.

Wieder lauschte Ron. Dieses Mal auf eine Antwort. Er bekam jedoch keine und seltsamerweise waren jetzt auch die Schritte verstummt.

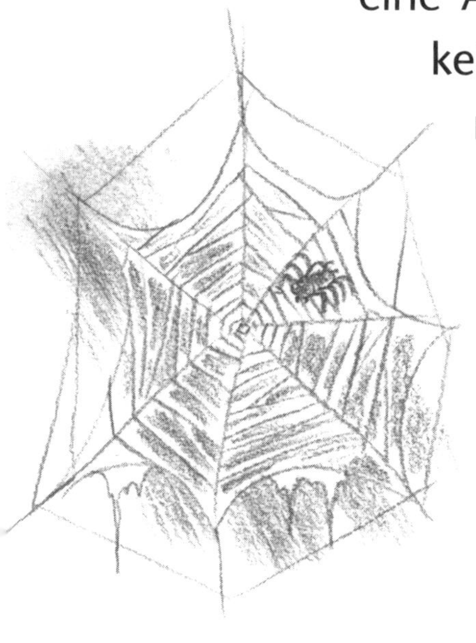

»Komisch«, murmelte er.

»Lass uns von hier verschwinden, ja?«, sagte Tom. »Ich habe ein ganz ungutes Gefühl.«

Baumwurzeln und riesige Spinnennetze versperrten immer wieder ihren Weg. Manchmal mussten sie auch über heruntergefallene Steinbrocken hinwegklettern oder über breite Risse im Boden springen.

Mit einem Mal endete der Tunnel und die Brüder standen in einer fensterlosen Steinkammer. Staunend blickte Ron sich um. Die Kammer war voller Wandmalereien, die stolze und mächtige Maya-Krieger mit Speeren zeigten.

»Wow«, entfuhr es Tom. »Wenn Ma und Paps das sehen könnten!«

»Was ist das?«, rief Ron und deutete aufgeregt auf eines der Bilder.

»Das sieht aus wie ein riesiger Goldberg.« Tom starrte ihn mit großen Augen an. »Glaubst du, das ist der Schatz, von dem dieser Viggo Krux erzählt hat?«

»Die goldene Stadt der Maya«, flüsterte Ron ehrfürchtig.

Tom nickte.

Im nächsten Moment erscholl hinter ihnen im Tunnel ein markerschütternder, schriller Schrei.

INFO

Anfangs hielten die Forscher die alten Maya für ein friedliches Volk von Sternendeutern. Erst später fanden sie heraus, dass die Maya eigentlich sehr kriegerisch waren. Sie benutzten überwiegend Speerschleudern, Blasrohre und Klingen. Mit Kriegsgefangenen gingen die Maya nicht besonders freundlich um und opferten sie ihren Göttern.

Tom war im
STEIN – BERG eingeklemmt.

Welche Wörter lassen sich noch mit

STEIN

zusammensetzen?

Nichts wie weg!

»Was war das?«, fragte Tom.

Ron schluckte. Der Schrei hatte so grässlich geklungen, dass ihm die Ohren davon wehtaten. Ob das ein Geist war? Der Schatz könnte verflucht sein.

Er blickte sich in der Kammer um. »Da ist ein Durchgang. Hauen wir lieber ab!«

Die beiden rannten los, als sie plötzlich irres Gelächter hörten. Jetzt war Ron sich sicher, dass es hier einen Geist gab. Immer weiter und weiter liefen sie, bis das Gelächter schließlich hinter ihnen zurückblieb. Dann erst wagten sie, eine

Pause zu machen. Keuchend blieben sie stehen. Ron schwenkte seine Taschenlampe umher. Schatten tanzten über die Wände.

»Haben … wir … es … abgehängt?«, stammelte Tom atemlos.

»Ich … ich hoffe.« Ron blickte sich um.

Dieser Gang sah anders aus als die Tunnel, durch die sie bisher gelaufen waren. Er war größer und höher. Außerdem gab es kleine rechteckige Öffnungen in der Decke, durch die goldenes Sonnenlicht einfiel. Allerdings war die Decke viel zu hoch, um an sie heranzukommen.

»Schau mal, Tageslicht«, meinte Ron. »Ich wette, wir sind auf dem richtigen Weg.«

»Worauf warten wir dann noch?«, drängte Tom. »Gehen wir weiter!«

Der Tunnel führte bald in eine weitere Kammer. Ron ließ das Licht der Taschenlampe über die Mauern wandern. Die Kammer war sehr viel größer als die, aus der sie gerade kamen. Dafür aber auch in einem viel schlechteren Zustand. Risse durchzogen den steinernen Boden, die wie gezackte Blitze aussahen. Ein Teil war sogar eingebrochen.

»Vielleicht war das früher einmal so eine Art Versammlungshalle«, überlegte Tom laut. »Oder vielleicht auch der Saal des Königs.«

»Wie kommst du darauf?«

»Wegen dem Thron«, sagte Tom.

Ron richtete den Strahl der Taschenlampe auf die andere Seite der Halle. Der Thron stand auf einem Podest und war ganz aus Stein gefertigt. Darüber war eine große Sonne in die Wand gemeißelt, sie war umgeben von geheimnisvollen Symbolen. Vielleicht Schriftzeichen.

»Ich glaube, du hast wirklich recht.« Ron kratzte sich am Kopf. »Ich würde zu gerne wissen, was diese Schriftzeichen bedeuten. Vielleicht geht es ja um den Schatz.«

Neugierig betraten die beiden Jungen die Halle. Wegen der vielen Risse bewegten sie sich äußerst vorsichtig, trotzdem

knirschte der Boden bedrohlich bei jedem ihrer Schritte.

»Iieh!«, rief Tom erschrocken.

Ron wirbelte herum. Eine riesengroße braune Schlange zischte Tom böse an.

»Ich … ich dachte, es

wäre nur ein Ast und ... und wollte ihn wegkicken.«

»Nicht bewegen«, mahnte Ron. »Sie könnte giftig sein! Ich bin gleich wieder zurück.« Er hatte einen Ast entdeckt, der wirklich einer war.

»Beeil dich!«, raunte Tom.

Der Kopf der Schlange wiegte sich von einer Seite zur anderen. Es sah so aus, als suchte sie nach der richtigen Stelle zum Zubeißen.

»Ganz still stehen bleiben, okay?! Ich hab eine Idee!« Vorsichtig trat Ron um die Schlange herum und stieß dann mit dem Ast nach ihr.

Blitzschnell biss die Schlange zu und vergrub ihre Zähne tief im morschen Holz. Im selben Augenblick schleuderte Ron den Ast mit aller Kraft von sich, sodass sie im hohen Bogen davonflog.

»Mann, war das knapp!«, sagte Tom erleichtert. »Du hast mir gerade das Leben gerettet.«

»Ihr beide seid ja immer noch hier«, brummte in diesem Moment eine Stimme hinter ihnen. »Ich dachte, das Geschrei und das Gelächter hätten euch längst in die Flucht geschlagen!«

Ron fuhr erschrocken herum, als er von einem gleißenden Licht geblendet wurde. Ganz kurz hatte er einen Blick auf eine riesige Gestalt werfen können. Ob das der Geist war? Vielleicht sogar der alte Maya-König höchstpersönlich?

INFO

Der König war der uneingeschränkte Herrscher der Maya. Zugleich war er auch der Hohepriester. Er trug prächtige Kleidung und Schmuck, der seine besondere Stellung hervorhob. Dazu gehörte eine Krone aus Gold, die mit Federn geschmückt war, sowie wertvolle Ohrgehänge und Ringe. Außerdem ließ der König sein Gesicht mit besonderen Tätowierungen verzieren. Starb er eines Tages, wurde sein Sohn der neue Herrscher. Die Königswürde war also vererbbar.

Die Jungs erschrecken.
Was hat sich in der Schrecksekunde verändert?
Suche die 10 Unterschiede.

Gefesselt und verloren

»Könnt ihr mir mal verraten, was zwei Jungs in eurem Alter hier machen?« Der Maya-König trat auf sie zu.

»Wir haben überhaupt keine Angst vor dir, Geist!«, rief Ron und reckte das Kinn vor.

»Geist?« Die riesige Gestalt blieb stehen. »Ah, ich verstehe.« Das gleißende Licht, das den Maya-König umgab, senkte sich zu Boden.

Verblüfft erkannte Ron, dass es bloß eine Taschenlampe war.

»Sie kenne ich doch!«, rief Tom nun.

»Sie sind Viggo Krux. Der Professor, der unsere Eltern gestern über die goldene Stadt ausgefragt hat!«

Der Mann lachte. »Ja, den Professor spiele ich gerne.«

»Sie sind also nicht hier, um uns zu helfen?«, fragte Tom.

»Euch helfen? Ich bin Schatzjäger! Ich habe mich nur als Professor ausgegeben, um möglichst viele Informationen aus euren Eltern rauszuholen.« Viggo Krux schüttelte grinsend den Kopf. »Die Ruinen, die eure Eltern untersuchen, sind etwas ganz Besonderes. Es gibt dort eine alte Wandmalerei, die den Weg zur goldenen Stadt der Maya beschreibt. Aber nur mir ist es gelungen, sie zu entschlüsseln.« Nun runzelte er die Stirn. »Aber wie seid ihr eigentlich hierhergekommen?«

»Dann ist das hier also wirklich die goldene Stadt?«, fragte Ron aufgeregt.

»Ich hab euch was gefragt«, knurrte Viggo Krux.

»Wir … wir sind in ein Loch gestürzt«, sagte Tom eingeschüchtert. »Jetzt suchen wir nach einem Ausgang.«

»Hm, dann weiß also niemand, dass

ihr hier seid?« Viggo Krux kniff die Augen zusammen.

Oh nein, dachte Ron. Das hätten sie ihm wohl besser nicht verraten sollen!

Er wich vor dem Schatzjäger zurück. »Wir … wir müssen … dann mal weiter.«

»Nichts da!« Plötzlich hielt Viggo Krux eine Waffe in der Hand. »Ihr werdet jetzt ganz brav machen, was ich euch sage.«

»Und wenn nicht?«, wagte Tom zu fragen.

»Dann werdet ihr das ziemlich bald bereuen!« Viggo Krux fuchtelte bedrohlich mit dem Revolver herum. »Los, zum Thron mit euch!«

Ron gab seinem Bruder einen leichten Stoß, da sich dieser nicht von der Stelle rührte. Als sie den Thron schließlich erreichten, riss Ron erstaunt die

Augen auf. Dahinter verbarg sich der Durchgang zu einer Treppe.

»Los, nach oben mit euch«, brummte Viggo Krux. »Wird's bald!«

Am Ende der Treppe lag eine rechteckige Kammer, von der Gänge in alle vier Himmelsrichtungen abgingen. Ron bemerkte sofort das heruntergebrannte Lagerfeuer und den vollgepackten Rucksack. Das musste das Lager des Schatzjägers sein.

»Zieht die Rucksäcke aus und hockt euch dort auf den Boden«, befahl Viggo Krux ihnen.

Er ging zu seinem Rucksack und fischte ein Seil heraus, mit dem er die beiden Jungen fesselte.

»Das werden wir alles unseren Eltern erzählen!«, fauchte Tom ihn an. »Und der Polizei, dann wandern Sie in den Knast!«

Viggo Krux lachte laut auf.

»Warum machen Sie das?«, fragte Ron. »Wir haben Ihnen doch nichts getan!«

»Die Antwort ist einfach: Ich will nicht teilen«, sagte der Schatzjäger. »Denn du hast recht. Das hier ist die goldene Stadt der Maya. Und wenn ich den Schatz erst gefunden habe, dann bin ich der reichste Mann der Welt.«

»Der Schatz gehört in ein Museum, wo alle ihn ansehen können«, widersprach Tom.

Viggo Krux schnaubte. »Hast du das von deinen Eltern? Dummes Geschwätz! Der Schatz gehört dem, der ihn findet. Und ihr werdet mich nicht aufhalten.«

»Das werden wir ja noch sehen.« Ron funkelte ihn zornig an.

Der Schatzjäger hob sein Gepäck vom Boden auf und steuerte auf einen der

Ausgänge zu. »Dann, auf Nimmerwiedersehen, Jungs. Mögen euch die Spinnen fressen!«

INFO

In Südamerika gibt es reiche Gold- und Juwelenvorkommen. Schon die Maya wussten das und betrieben Minen, in denen sie nach Gold schürften. Aus dem kostbaren Metall fertigten sie Schmuckstücke für ihre Herrscher und die reiche Oberschicht an. Das Gold diente jedoch auch als Opfergabe an die Götter. Zu diesem Zweck wurde es in tiefen Brunnen versenkt. Ihr Reichtum wurde den Maya jedoch auch zum Verhängnis. Im 16. Jahrhundert lockte es die Spanier an, die zahlreiche Kriege gegen die Maya führten, um in den Besitz des Goldes zu kommen.

Als Viggo Krux die Jungen anleuchtet, entstehen Schattenbilder an der Wand. Schau dir die Schatten ganz genau an: welcher passt?

Die goldene Stadt

»Ob er weg ist?«, fragte Tom leise.

Ron seufzte. »Ich fürchte, ja.«

»Gut.« Tom atmete geräuschvoll aus und plötzlich saß das Seil erstaunlich locker. »Diesen Trick kenne ich aus einem Buch«, erklärte er stolz. »Wenn dich jemand fesselt, musst du dich so dick wie möglich aufplustern.«

»Mensch, du bist ja genial!« Ron zog erst den rechten Arm aus dem Seil, dann den linken.

»Dieser Mistkerl!« Tom schüttelte wütend das lose Seil ab.

Ron nickte und klopfte sich den Staub von den Klamotten. »Und was machen wir jetzt?«

»Das fragst du noch?« Tom stemmte seine Hände in die Seiten. »Natürlich knöpfen wir ihn uns vor. Immerhin wollte er uns an die Spinnen verfüttern. Außerdem gehört der Schatz in ein Museum.«

»Du hast recht. Ma und Paps würden es auch nicht zulassen, dass er sich das ganze Gold unter den Nagel reißt.« Ron nickte entschieden. »Das mit den Spinnen hat er bestimmt nur so gesagt. Es gibt niemals so große, dass sie uns fressen könnten.«

Doch gerade als er sich nach seinem Rucksack bücken wollte, drang ein vielfüßiges Tripp-Trapp von der Treppe her an Rons Ohr. Er tauschte einen raschen

Blick mit Tom, dessen Miene sich verfinstert hatte.

»Das klingt nicht gut«, murmelte Ron und griff schnell nach seinem eigenen Rucksack.

Die Brüder rannten zu dem Ausgang, durch den der Schatzjäger verschwunden war. Erst als Ron und Tom so heftiges Seitenstechen hatten, dass sie keinen einzigen Schritt mehr laufen konnten, leg-

ten sie eine Pause ein. Schnaufend lehnte sich Ron gegen die Steinwand und schloss für einige Sekunden die Augen. Gleich darauf verspürte er einen kühlen Luftzug im Gesicht. Er schreckte hoch und sah sich nach Tom um.

»Ich … ich glaube, wir sind … sind ganz in der Nähe des Ausgangs«, keuchte Ron.

Tom hob den Kopf. Plötzlich hellte sich seine Miene auf. »Ich rieche frische Luft.«

Noch einmal nahmen die beiden all ihre Kräfte zusammen und spurteten los. Hinter der nächsten Biegung sahen sie plötzlich Tageslicht. Jubelnd stolperten sie darauf zu und standen mit einem Mal auf einer Felsterrasse.

»Wir sind frei!«, jubelte Tom.

Ron warf einen Blick über den Rand der Terrasse. Tief unter ihnen erstreckte sich ein großes, vom Dschungel überwuchertes Tal. Unzählige Ruinen verbargen sich zwischen den mächtigen Urwaldriesen, über deren Wipfel Schwärme bunter Papageien dahinzogen.

»Mannomann«, stieß er beeindruckt hervor. »So sieht die goldene Stadt also aus.«

Zwar waren die Bauwerke nicht wirklich aus glänzendem Gold, aber bestimmt nannte man die Stadt nur deshalb so, weil es hier einen unermesslich wertvollen Schatz gab.

»Wow! Das ist ja der Wahnsinn! Dreh dich mal um«, sagte Tom.

Ron stieß einen anerkennenden Pfiff aus. Es war wirklich ein Palast, zu dem der Tunnel sie geführt hatte. Vermutlich waren sie die ganze Zeit über einem alten Geheimgang gefolgt. Der Palast selbst war unglaublich: Seine zahlreichen stufenförmigen Türme ragten bis hinauf in den Himmel und die Außenmauern waren mit weiteren Steingesichtern geschmückt. Außerdem waren überall geheimnisvolle Schriftzeichen in den Stein geritzt.

»Da ist er ja!«, rief Tom plötzlich und deutete aufgeregt in das Tal.

Ron kniff die Augen zusammen. Jetzt konnte er ihn auch sehen. Viggo Krux war aus dieser Entfernung klein wie eine Action-Figur. Aber wo wollte er hin? War der goldene Schatz denn nicht im Palast versteckt?

»Ihm nach, oder willst du, dass er uns entkommt?«, fragte Tom und stürmte los.

INFO

Genau wie die Ägypter schrieben auch die Maya in Hieroglyphen. Das sind Bilder von Tieren, Fabelwesen, Gesichtern oder Landschaften (Berge und Hügel), die sie in Stein, Holz oder Keramik ritzten. Viele dieser Inschriften erzählen die Lebensgeschichten großer Maya-Herrscher. Dennoch bleibt die Schrift der Maya bis heute rätselhaft, da sie noch immer nicht vollständig übersetzt werden kann. Die Maya sind aber auch für andere Errungenschaften berühmt wie beispielsweise für ihre ausgeklügelte Mathematik und ihren Kalender, der sich nach den Sonnen- und Mondphasen (Astronomie) richtet.

INFO

Welcher Weg führt Ron und Tom auf die andere Seite des Urwalds, um Viggo Krux zu stellen?

3

Eine wilde Verfolgungsjagd

Ron und Tom rutschten über einen gewundenen Pfad hinab ins Tal, wo sie auf eine breite verfallene Straße stießen. Beeindruckende Steinskulpturen säumten sie zu beiden Seiten.

»Wo ist er?«, rief Tom.

»Pst, nicht so laut, sonst hört er uns noch!« Ron blickte sich um, aber Viggo Krux war nirgends zu sehen.

Zögerlich gingen die Brüder weiter.

»Wir haben ihn verloren«, sagte Ron nach einer Weile.

»Verflixt und zugenäht!«, fluchte Tom.

»Jetzt wird er sich mit dem ganzen Gold davonmachen.«

»Hm, er muss tiefer in die Stadt hineingegangen sein«, meinte Ron.

Die beiden Brüder folgten weiter der Straße, bis sie zu einem großen Platz kamen. Ron klappte der Mund auf. Hier gab es noch viel mehr Ruinen. Diese Stadt musste gewaltig sein. Sie würden Jahre brauchen, um den Schatzjäger zu finden.

Wütend trat Ron nach einem Kiesel, dabei verlor er das Gleichgewicht und landete auf dem Hintern. Tom lachte.

Ron war einen Moment lang sauer, dann musste er über sich selbst lachen. »Hilf mir mal auf, ja?« Er sah hoch zu Tom und traute seinen Augen kaum. Auf einem grünen Hügel, hoch über der Stadt, thronte eine mächtige Pyramide. »Sieh dir das mal an!«

Tom drehte sich um. »Was denn?«

»Du musst in den Himmel gucken.«

Tom reckte den Kopf. »Jetzt kann ich es auch sehen. Ein alter Tempel der Maya!«

»Du musst genauer hinschauen«, sagte Ron grinsend. »Jemand klettert die Pyramide hinauf.«

Toms Gesicht verfinsterte sich. »Viggo Krux! Da steckt er also.«

Allmählich kam es Ron so vor, als wür-

den sie seit Tagen nichts anderes machen als zu laufen. Seine Füße taten ihm weh und der Rucksack scheuerte an seinen Schultern. Gerade wollte er Tom zurufen, dass er eine Pause brauchte, als die Straße urplötzlich endete. Ron starrte auf die Überreste einer Brücke. Früher musste sie über den Fluss geführt haben, der sich wie eine Schlange vor ihnen durch die Urwaldriesen wand.

»Wie sollen wir denn da rüberkom-

men?« Tom beäugte misstrauisch das lehmfarbene Wasser.

»Wir müssen hindurchwaten. Hoffen wir, dass es nicht so tief ist.«

»Der Fluss könnte aber voller Krokodile sein«, meinte Tom.

»Komm schon, uns wird sicher nichts passieren.«

Tom seufzte. »Na schön.«

Doch kaum hatten die beiden sich ins Wasser gewagt, fing ein wildes Gekreische über ihnen in den Bäumen an. Eine Horde kleiner dunkler Äffchen hüpfte aufgescheucht durch das Geäst. Fast so, als wollten sie sie warnen.

»Irgendwas ist merkwürdig«, sagte Ron und blickte sich verunsichert um. Sie hatten die Mitte des Flusses erreicht und das Wasser ging ihnen bis zu den Bäuchen.

»Was meinst du?«, wollte Tom wissen.

Ron schluckte. »Ich glaube, da hängt was an meinem Rucksack.«

»Lass mal sehen!«

Ron drehte sich um. Ein fetter silberner Fisch hatte sich in seinen Rucksack verbissen.

Tom beugte sich neugierig vor. Das Maul des Fisches war voller spitzer Zähne. Jetzt wusste er, warum die Affen so ein Theater gemacht hatten. Im Fluss lebten Piranhas.

»Nicht bewegen«, sagte Tom. »Da hängt ein Piranha an deinem Rucksack.«

»Ein wa-as?«, quiekte Ron. »Mach ihn weg! Jetzt! Sofort!«

»Ich beeil mich ja schon.« Tom packte den Piranha am Schwanz und zerrte so lange an ihm, bis er endlich losließ. Danach warf er den Fisch im hohen Bogen davon. Fast im gleichen Moment streifte etwas Toms Bein.

»LAUF!«, schrie er.

INFO

Piranhas haben eine ovale Körperform und können bis zu 40 Zentimeter groß werden. Berüchtigt sind sie für ihre rasiermesserscharfen Zähne. Sie leben und jagen in Schwärmen. Normalerweise fressen Piranhas andere Fische, aber wenn sie besonders zahlreich sind, greifen sie auch größere Beute an. Dabei schießen sie auf ihre Opfer zu und verbeißen sich in diese, um durch Schüttelbewegungen Stücke aus ihnen herauszureißen.

Wie oft kannst du in diesem Flusslauf das Wort Piranha entdecken? Schau genau.

Der alte Tempel

Mit gewagten Hechtsprüngen retteten sich Ron und Tom ans Ufer. Für einige Sekunden blieben sie erschöpft auf dem weichen Gras liegen. Doch dann hörten sie ein lautes Platschen hinter sich. Sofort waren beide wieder auf den Beinen und liefen davon, so schnell es ihre lahmen Muskeln zuließen. Doch den Tempel konnten sie nicht mehr sehen. Mächtige Baumriesen versperrten ihnen den Blick. Auch das Unterholz war so dicht, dass Ron sich schon bald eine Machete wünschte.

»Hoffentlich sind wir nicht in die falsche Richtung gelaufen«, sagte er nach einer Weile.

Tom sah zu den Wipfeln der Bäume auf. »Die Sonne befindet sich links von uns. Genauso wie eben. Wir sind also immer noch auf dem richtigen Weg.«

Bald darauf standen die beiden vor dem Tor eines Klosters. Zumindest sah die Ruine so ähnlich aus.

»Hier haben früher bestimmt die Priester gewohnt«, sagte Tom. »Also muss es ganz in der Nähe auch einen Pfad auf den Hügel geben.«

Die Brüder traten durch den Torbogen und befanden sich auf einem großen, von Säulen umgebenen Innenhof. Unkraut und Sträucher überwucherten umgestürzte Steinfiguren. Ron und Tom mussten mühsam über sie hinwegklettern.

»Weißt du was? Wir lassen die Rucksäcke hier und holen sie auf dem Rückweg wieder ab«, sagte Ron schließlich. »Dann müssen wir nicht mehr so schwer schleppen.«

»Warum ist dir das nicht früher eingefallen?«, schimpfte Tom.

Ron verdrehte die Augen.

Die beiden stellten die Rucksäcke im Schatten einer Säule ab und marschierten zur anderen Seite des Hofes, wo es einen zweiten Torbogen gab. Nachdem sie ihn durchschritten hatten, standen sie am Fuß des Hügels.

Ron deutete auf ein paar umgeknickte Farne. »Ich wette, der Schatzjäger ist dort entlanggegangen.«

Die Brüder folgten dem Trampelpfad, der steil bergauf führte. Je höher sie kamen, desto weniger Bäume wuchsen um sie herum. Schon bald waren sie ganz und gar der heißen Mittagssonne ausgesetzt und Ron lief der Schweiß in Strömen über das Gesicht. Als sie den Gipfel des Hügels erreichten, war alle Anstrengung jedoch schlagartig vergessen.

»Wow!«, riefen Ron und Tom.

Die Pyramide war gigantisch hoch. Wie hatten die Maya nur so etwas bauen können? Damals gab es noch keine Kräne und Bagger. Ehrfürchtig berührte Ron einen der Steinblöcke, die so angeordnet waren, dass sie Stufen bildeten.

»Wie eine Treppe für Riesen«, meinte Tom und begann, die Pyramide zu erklimmen.

Als die beiden die Spitze erreichten, wandte sich Ron einem Schrein zu. Dem eigentlichen Heiligtum. Es war ein kleiner Raum auf der Spitze der Pyramide, in dem die Maya früher Rituale zu Ehren der Götter abgehalten hatten. Als Ron einen Blick hineinwarf, riss er verblüfft die Augen auf. Da war kein Schatzjäger!

»Schalt mal die Taschenlampe ein«, sagte Ron.

Tom leuchtete das Innere des Schreins

aus. In die Wand gegenüber war eine riesige Sonne gemeißelt, die genauso aussah wie die im Thronsaal. Davor stand ein steinerner Altar. Neugierig gingen die Brüder näher und entdeckten dahinter eine rechteckige Öffnung im Boden.

»Da baumelt ein Seil«, sagte Ron.

»Das gehört bestimmt Viggo Krux.«

»Sollen wir mal nachschauen, wohin es führt?«, fragte Ron mit funkelnden Augen. »Oder denkst du, es könnte eine Falle ...«

Tief im Inneren der Pyramide schrie jemand laut auf. Im nächsten Moment drang ein Rauschen aus der Öffnung, als tobte unter den Füßen der beiden ein wilder Sturm. Gleich darauf schoss eine schwarze Wolke aus der Öffnung und schleuderte die Jungen zur Seite.

INFO

Die Maya glaubten an eine Vielzahl von Naturgöttern, wie den Sonnengott, den Regengott, den Himmelsgott, den Maisgott und an noch einige andere. Ihnen zu Ehren bauten sie Tempel und Opferbrunnen. Der König war zumeist auch der oberste Priester der Maya-Religion. Den Göttern wurden Gold und Juwelen geopfert, aber auch Menschen. Oft waren es Kriegsgefangene oder junge Frauen aus dem eigenen Volk, die bei grausamen Ritualen den Tod fanden.

Finde die 7 Gegenstände, die eigentlich nicht in die alte Maya-Ruine gehören.

Glück im Unglück

Es waren Fledermäuse. Hunderte. Verschreckt flatterten sie durch den engen Raum, klatschten gegen die Wände oder verfingen sich in Rons und Toms Haaren, bevor sie endlich den Ausgang fanden. Eine gefühlte Ewigkeit lang drückten sich die Brüder platt auf den Boden, bis auch die letzte Fledermaus fort war. Anschließend linste Ron ganz vorsichtig zwischen seinen Fingern hindurch.

»Sind sie weg?«, fragte Tom.

»Ja, alles in Ordnung.«

Tom stand langsam auf. »Jetzt wissen

wir wenigstens, dass der Schatzjäger wirklich dort unten ist. Er muss die Fledermäuse auf der Suche nach dem Schatz aufgeschreckt haben.«

»Also ab nach unten!« Ron kletterte als Erster in das Loch. Er klemmte sich die Taschenlampe zwischen die Zähne und ließ sich langsam an dem Seil hinabgleiten. »Bin unten!«, rief er leise, sobald er den Boden unter seinen Füßen spürte.

Ron stand in einem schmalen Gang, der nach wenigen Metern vor einer Treppe endete. Von Viggo Krux war nichts zu sehen.

»Alles okay, du kannst jetzt runterkommen!«, rief er seinem Bruder zu.

Nur wenige Sekunden später stand

Tom neben ihm. Lautlos schlichen sie die Stufen hinab. An ihrem Ende lag eine große, von Feuerschalen erhellte Steinkammer. Sie war leer – bis auf Viggo Krux.

Hastig untersuchte er eine Steinwand, auf der eine weitere Sonne zu sehen war. Allerdings war sie etwas größer als die im Tempel und im Thronsaal.

Ron legte den Finger auf die Lippen und zog Tom noch ein Stück die Treppe

hinauf, sodass sie außer Sicht- und Hörweite des Schatzjägers waren.

»Ich könnte wetten, die Wand ist eine Geheimtür und die Sonne hat Viggo Krux hierher geführt«, flüsterte er seinem Bruder zu.

»Bei Tageslicht funkelt Gold genauso wie die Sonne.« Tom nickte. »Das könnte stimmen. Nur, was sollen wir jetzt machen?«

Ron rieb sich nachdenklich das Kinn. Es war niemand in der Nähe, den sie um Hilfe rufen konnten. Sie mussten also selbst mit dem gemeinen Schatzjäger fertig werden.

»Wir müssen ihn überlisten!«

»Aber wie?«, fragte Tom leise.

»Wir klettern wieder nach oben und ziehen das Seil zu uns herauf. Dann sitzt Viggo Krux hier unten fest, bis wir mit der Polizei zurückkehren.«

»Mensch, das ist eine coole Idee«, sagte Tom grinsend.

»Ich wusste doch, dass ich etwas gehört habe«, brummte die Stimme des Schatzjägers hinter ihnen.

Ron drehte sich langsam um und starrte auf den Revolver in Viggo Krux' Hand.

»Herunterkommen, macht schon!«

»Verflixt«, murmelte Tom. »Jetzt hat er uns schon wieder reingelegt.«

Mit finsteren Mienen trotteten sie an dem Schatzjäger vorbei in die Steinkammer. Im Schein der Feuerschalen schaute sich Ron verstohlen um, doch er konnte nichts entdecken, das sich als Waffe verwenden ließ. Dafür knackte der Boden genauso bedrohlich wie im Thronsaal. Wenn sie jetzt nicht aufpassten …

In dem Moment hatte Ron die rettende Idee. »Du musst ihn ablenken«, raunte er seinem Bruder zu.

»Hey, hier wird nicht geflüstert, ist das klar!«, schnauzte Viggo Krux.

»Jetzt«, zischte Ron.

Tom nickte, dann rief er: »Wo ist der Schatz? Wo ist er?« Er stürmte auf die

Wand mit der Sonne zu. Bei jedem seiner Schritte knirschte es unter seinen Füßen.

»Sofort stehen bleiben«, schrie der Schatzjäger und setzte ihm nach. »Du bringst noch alles zum Einstürzen!«

Jetzt oder nie, sagte sich Ron und landete mit einem Satz auf Viggo Krux' Rücken, wo er sich wie ein Affe an ihm festklammerte.

»Geh sofort runter von mir!«, schrie

der Schatzjäger wie von Sinnen. »Zu zweit sind wir viel zu schwer!«

Genau darauf hoffte Ron. Mit einem dumpfen Ächzen brach der Boden unter ihnen zusammen. Der Schatzjäger schrie vor Entsetzen auf und versuchte, sich mit einem Sprung in Sicherheit zu bringen. Dabei verlor er endgültig das Gleichgewicht und taumelte zurück. Gleichzeitig stieß sich Ron ab und bekam den Rand des Loches zu fassen, während Viggo

Krux unter ihm in der Finsternis verschwand.

»Ron! Ron!«, hörte er seinen Bruder rufen, dessen bleiches Gesicht im nächsten Augenblick über ihm auftauchte. »Hier, nimm meine Hand. Ich zieh dich hoch!«

INFO

Im Mittelalter, als die Menschen in Europa noch in kleinen Ortschaften lebten, bewohnten die Maya bereits Großstädte mit über 10.000 Einwohnern. Sie besaßen Stufenpyramiden, Dampfbäder, Tempel, Paläste, Bewässerungssysteme, Ballspielplätze und Observatorien, um die Sterne zu beobachten. Die Maya planten ihre Städte sehr sorgfältig und hatten eine Vorliebe für quadratische und viereckige Formen. Der Grundriss ihrer Bauwerke ist überwiegend rechteckig.

Wie viele Fledermäuse siehst du?

Der Schatz der Maya

Ron und Tom hockten schwer atmend auf der Treppe und starrten in ein großes Loch im Boden der Steinkammer.

Ron vergrub das Gesicht in den Händen. »Mann, das war echt der abenteuerlichste Ausflug meines Lebens!«

»Ha-hallo?«, drang die Stimme des Schatzjägers aus dem dunklen Loch zu ihnen herauf.

Viggo Krux lebte also noch.

»Ja«, sagte Tom argwöhnisch.

»Ich habe mir das Bein gebrochen, helft mir bitte.«

Ron schnaubte. »Ein drittes Mal fallen wir nicht auf Sie herein.«

»Nein, hört mir zu! In meinem Rucksack findet ihr ein Funkgerät. Ihr müsst dringend Hilfe rufen. Alleine komme ich hier nie wieder raus.«

Ron schaute sich um. Der Rucksack lag noch immer unter dem Bild der steinernen Sonne. Zum Glück war der Boden dort nicht eingestürzt.

»Ich habe noch eine viel bessere Idee«, sagte er. »Ich rufe jetzt die Polizei!«

Zwei Stunden später standen Ron und Tom auf der Spitze der Pyramide und sahen dem davonfliegenden Hubschrauber nach, der Viggo Krux in Begleitung zweier mexikanischer Polizisten ins nächste Krankenhaus brachte.

»Also wirklich, Jungs. Man kann euch keine Sekunde aus den Augen lassen«, sagte Rons und Toms Vater. »Ihr habt im Dschungel alleine nichts zu suchen.«

»Euer Vater hat recht«, sagte die Mutter. »Wir haben uns schreckliche Sorgen gemacht, als wir eure leeren Schlafsäcke gefunden haben.«

»Es tut uns ja auch leid«, sagte Ron.

»Ja, wirklich«, stimmte Tom ihm zu. »Aber ihr müsst euch unbedingt anschauen, was wir entdeckt haben.«

Die Brüder führten ihre Eltern zurück in die große Steinkammer, wobei sie darauf achteten, möglichst vorsichtig aufzutreten.

»Seht ihr die Sonne da?« Ron deutete aufgeregt auf die Wand vor ihnen. »Wir glauben, dass das eine Geheimtür ist.«

»Dahinter liegt ganz bestimmt ein riesiger Berg Gold versteckt«, fügte Tom mit leuchtenden Augen hinzu.

»Hm.« Der Vater rieb sich nachdenklich das Kinn. »Wenn es eine Geheimtür ist, muss es hier irgendwo einen Öffnungsmechanismus geben.« Suchend schaute er sich um.

»Wie wäre es damit?« Tom deutete auf eine zweite, wesentlich kleinere Sonne, die vom Rucksack des Schatzjägers halb verdeckt wurde.

»Nicht anfassen!«, rief der Vater sofort.

Doch es war bereits zu spät. Ron berührte die kleine Sonne, woraufhin sie knirschend in der Wand verschwand.

»Es klappt«, jubelte Ron.

»Wenn das bloß keine Falle ist«, rief sein Vater besorgt.

Gleich darauf erfüllte ein unheimliches Rumpeln die Kammer. Rechts von ihnen brach noch ein Stück des Bodens ein. Der Vater wollte sie schon aus der Kammer scheuchen, als die Wand vor ihnen sich langsam auseinanderschob.

»Sesam öffne dich«, murmelte Tom.

Als der Spalt breit genug war, stürzte

Ron vor und fand sich in einer weiteren, sehr viel größeren Kammer wieder. Hier gab es einen zweiten Thron, auf dem ein grauweißes Skelett saß, dessen gruseliger Schädel mit einer Federkrone geschmückt war. Seine Knochenfinger der rechten Hand umklammerten einen goldenen Speer.

»Der Maya-König, der seinen Schatz bewacht«, hauchte Tom.

Ron ließ das Licht der Taschenlampe durch die Kammer wandern. Sie stand voller Tonkrüge, die fast so groß waren wie er selbst. Doch als er in einen davon einen Blick warf, traute er seinen Augen nicht. Der Krug war voller vertrockneter Maiskörner. Genauso wie der nächste und auch der übernächste.

»Hier ist ja überhaupt kein Schatz«, sagte er enttäuscht.

»Oh, da irrst du dich«, sagte der Vater und rückte seine Brille zurecht. »Für die Maya war dies der größte Schatz, den sie besitzen konnten.«

»Aber das ist doch bloß Mais«, widersprach Tom.

»Für die Maya war er trotzdem wertvoller als alles Gold der Welt«, sagte seine Mutter. »Ihr müsst wissen, dass die Maya damals von sehr

schweren Dürrekatastrophen heimgesucht wurden. Auf den Feldern wuchs nichts mehr. Wahrscheinlich ließ der König die letzten Maiskörner hierher in Sicherheit bringen, um sie später wieder auszusäen. Doch die Dürre dauerte wohl einfach zu lange an.«

Der Vater nickte ernst. »Vielleicht sind die Stadtbewohner ja auch verhungert oder fortgegangen. Der Mais geriet daraufhin in Vergessenheit, jedoch nicht der Mythos über einen legendären Schatz.« Er seufzte tief. »Tja, manche Schätze sind eben nur für ihre Besitzer von Wert.«

Tom schaute zu dem Skelett hinüber. »Armer Kerl. Jetzt hat er ganz umsonst so lange hier gewacht.«

Ron kicherte plötzlich. »Wisst ihr, was wirklich urkomisch ist?«

Alle starrten ihn verwundert an.

»Viggo Krux' blödes Gesicht, wenn er erfährt, dass er wegen eines Haufens vertrocknetem Mais ins Gefängnis muss.«

Nun prustete auch Tom los. Wobei sein Lachen so ansteckend war, dass schon bald die ganze Pyramide von fröhlichem Gelächter widerhallte.

INFO

Im 9. Jahrhundert begannen die Maya damit, ihre Städte aufzugeben. Die genauen Gründe dafür sind bis heute nicht geklärt. Manche Wissenschaftler glauben, dass die Bevölkerung in den Städten zu schnell gewachsen ist, um alle weiterhin ernähren zu können. Andere Forscher sind davon überzeugt, dass Krankheiten, Dürrekatastrophen und Kriege zum Zusammenbruch des Maya-Reichs führten. Aber was davon nun wahr ist, wird wohl für immer ein Geheimnis bleiben.

Löse das Rätsel. Welches Wort erhältst du? Setze die Wörter zusammen. Die durchgestrichenen Buchstaben darfst du nicht verwenden.

Auflösungen:

S. 15: Richtige Wörter: Spinnen, Ratten, Spinnweben.
Falsche Wörter: Schuhe, Hunde, Tomaten.

S. 23: Lösungswort: Goldschatz.

S. 32: Richtige Wörter: STEIN-HAUFEN, STEIN-BRUCH, STEIN-MAUER, STEIN-REICH.
Falsche Wörter: Salat, Eis, Spinne.

S. 41:

S. 50: Schattenbild 3 ist richtig.

S. 58: Weg 3 ist richtig.

S. 67: Das Wort Piranha ist 3-mal versteckt.

S. 75: Gabel, Glühbirne, Schere, Zahnbürste, Armbanduhr, Wecker, Radio, Fernseher gehören nicht in die Ruine.

S. 85: Es sind 32 Fledermäuse.

S. 95: Lösungswort: Maiskörner.

San Francisco
Las Vegas
Los Angeles
San Diego
Tijuana
Phoenix
Monterr
Guadalajara
Mexiko Ci
Pueb
Popocatepetl
Revillagigedo-
Inseln
N
W
O
S